Stefan Loß (Hrsg.)

Danke schön!

10 Geschichten zum Freuen

BRUNNEN
Verlag GmbH · Giessen

Danke, Merci, Thank you – es gibt immer mal wieder gute Gründe, einem anderen Menschen „Danke“ zu sagen. Ob mit Worten oder Gesten, mit einem kleinen Geschenk, einem Blumenstrauß, einer Schachtel Pralinen – oder mit einem Buch voller „Dankeschön“-Geschichten. In diesem Buch finden sich 10 frische Geschichten von bekannten Autoren, die auf die ein oder andere Art Dankbarkeit ausdrücken. Stories, die den Blick auf die schönen und guten Dinge des Lebens richten, unterhaltsam, positiv, optimistisch.

Ich wünsche Ihnen viel Freude beim Lesen.

Ihr Stefan Loß

FSC www.fsc.org
MIX
Papier | Fördert gute Waldnutzung
FSC® C083411

Umschlaggestaltung: Daniela Sprenger
Satz: Brunnen Verlag GmbH
Druck: CPI Books GmbH, Leck
Gedruckt in Deutschland
ISBN 978-3-7655-4387-6
www.brunnen-verlag.de

Inhalt

Eckart zur Nieden

Danken macht froh

Alfred Brecht kommt langsam zu sich. Er muss sich erst wieder besinnen, wo er ist. Ach ja – im Krankenhaus.

„Na – ausgeschlafen?“

Seine erwachsene Tochter Susanne sitzt auf dem Stuhl neben dem Bett.

„Ach – Susanne! Schön, dass du gekommen bist!“ Alfreds Stimme ist noch etwas krächzend.

„Ich war gestern schon hier. Hast du das mitgekriegt? Ich hatte den Eindruck, du warst noch nicht wieder richtig da.“

„Doch, ich erinnere mich schwach.“

„Mensch, Papa! Du machst Sachen!“

Eine Weile überlegt Alfred an einer Erwiderung. „Ich habe gar nichts gemacht. Es wurde etwas mit mir gemacht. Kannst du mir mal sagen, was eigentlich passiert ist?“

„Du warst im Wald spazieren und bist anscheinend plötzlich zusammengebrochen. Das Herz, wie wir inzwischen wissen. Jemand hat dich gefunden und den Notdienst gerufen. Sie haben dich gleich hergebracht. Es hätte nicht viel später sein dürfen, hat der Arzt gesagt. Hast unverschämtes Glück gehabt!“

„Hm“, brummt Alfred nur. Was soll er auch sonst dazu sagen?

Susanne steht auf und packt einiges aus der Tasche, die sie mitgebracht hat, in den Schrank. „Ich habe deine Zahnbürste und den Rasierapparat und was man so braucht aus deiner Wohnung geholt."

„Danke!"

„Was ist das hier? Das lag auf dem Tisch, wo immer deine Sachen liegen, die du noch erledigen willst." Sie zeigt ihm ein gefaltetes Blatt. „Da steht: HIFIKI."

„Ach das! Kannst du wegschmeißen."

„Ach, da lese ich grade den Text, für den die seltsame Buchstabenkombination wohl die Abkürzung ist: Hilfe für indische Kinder. Was hat es damit auf sich?"

„Ach, nichts weiter. Ich wollte da eventuell mal was spenden."

„Spenden? Du?"

„Na ja, ich dachte, nachdem ich die Erbschaft von Tante Elfriede aus Wuppertal bekommen habe…"

„Wie viel war das denn?"

Alfred lächelt. „Es wurde ja auf die ganze Verwandtschaft aufgeteilt. Auf mich entfielen zweiunddreißigtausend Euro."

„Toll! Und da dachtest du, du solltest ein paar armen indischen Kindern auch was von … hätte ich dir gar nicht zugetraut."

„Na ja, vielleicht fünfzig Euro. Oder dreißig." Pause. „Oder zwanzig. Ich meine, von 30 000 Euro zwanzig abzugeben – da kann man ja nicht sagen, ich hätte das Geld mit offenen Händen zum Fenster rausgeworfen."

„Stimmt, das kann man nicht sagen."

„Aber ich habe das mit der Spende dann vergessen.

Und wollte es dann auch lassen. Im Grunde habe ich ja gar keine Beziehung zu indischen Kindern."

Susanne setzt sich wieder. „Ich muss jetzt gleich wieder gehen, Papa. Ein wichtiger Termin. Aber ich komme morgen wieder."

„Danke, mein Mädchen!"

„Du sollst nicht immer Mädchen zu mir sagen!" Sie lächelt dabei und es klingt auch nicht wie eine Rüge.

„Ach so, ja. Jedenfalls bin ich dir sehr dankbar für alles."

„Nicht der Rede wert. Aber dankbar kannst du sein, dass dich jemand so schnell gefunden und dir geholfen hat. Sagte Mama nicht immer: Danken macht froh!? Dann mach dich mal froh!"

Als Alfred wieder alleine ist, denkt er weiter über diese Worte nach und über alles, was geschehen ist. Es geht in seinem müden Kopf alles noch etwas durcheinander. Aber allmählich schälen sich etwas klarere Gedanken heraus.

Komisch! Erst so ein Glück mit der Erbschaft, dann das Unglück mit dem Herzanfall und dann das Glück, dass mich jemand gefunden hat! Was bedeutet das? Ist mir das Unglück vielleicht passiert, weil ich nach dem Glück mit der Erbschaft noch nicht einmal zwanzig Euro abgeben wollte von der großen Summe? Susanne würde jetzt sagen: ‚Quatsch, Papa, das hat gar nichts miteinander zu tun!' Und damit hätte sie ja wohl auch recht.

Alfred hakt den Gedanken ab.

Dafür drängt sich ein anderer auf: Dankbar soll ich sein. Es würde mir sicher ein Gefühl der Befriedigung geben, wenn ich etwas von dem geerbten Geld dem Menschen gebe, der mir geholfen hat. Er hat mir schließlich das Leben gerettet. Und das Leben ist mehr wert als ein paar Tausend Euro.

Was soll ich auch sonst mit dem Geld machen? Ich hatte ja mal eine große Weltreise vor. Aber das lasse ich jetzt lieber. Was, wenn mir so ein Unglück auf Reisen passiert? In Patagonien vielleicht oder in Botswana oder auf den Fidschi-Inseln?

Allmählich reift in Alfreds Kopf ein Plan. Er will seinen Lebensretter ausfindig machen und reich beschenken. Das würde dann sicher auch ihn selbst glücklich machen. Vielleicht auch ein bisschen stolz. Vielleicht sogar zufriedener, als es eine Weltreise könnte.

„Ich erkenne Sie wieder!", sagt der Rettungssanitäter. Er sitzt in dem weiß-roten Wagen und schaut aus der offenen Fahrertür. „Wir haben Sie doch vor drei Wochen oder so im Wald aufgegabelt!"

„Ja, richtig. Ich wollte mich bedanken."

„Gern geschehen. Das ist unser Job."

„Und zwar ganz praktisch wollte ich mich bedanken. Mit Geld."

„Sehr freundlich! Da vorn im Büro haben wir eine Kaffeekasse. Rechts von dem linken Stuhl. Da können Sie was reinstecken. Vielen Dank schon mal!"

„Hm. Das ist dann aber nicht so persönlich."

„Dann geben Sie es doch dem Mann, der uns gerufen hat. Der hatte ja auch einen wesentlichen Anteil an Ihrer Rettung."

„Gute Idee!“, sagt Alfred. „Aber wer war das? Wie finde ich den?“

„Da kann ich Ihnen helfen. Seine Telefonnummer ist im Computer gespeichert.“

„Guten Tag“, spricht Alfred ins Telefon. „Mein Name ist Alfred Brecht. Wenn ich richtig recherchiert habe, haben Sie mir das Leben gerettet. Sie haben mich im Wald gefunden, als ich zusammengebrochen war, und haben die Rettung gerufen. Vor etwa drei Wochen. Das waren Sie doch, oder?“

„Ja, das war ich“, antwortet der andere, der Stimme nach ein älterer Herr. „Ich habe mit dem Handy Hilfe geholt. Aber gefunden habe ich Sie nicht. Das war ein kleines Mädchen, das da im Wald gespielt hat.“

„Ich wollte mich gern mit einem Geldbetrag bedanken. Vielleicht kann ich ja einen Teil Ihnen geben und einen Teil dem Kind.“

„Mir brauchen Sie kein Geld zu geben. Ich habe genug. Außerdem käme ich mir schäbig vor, wenn ich mir so eine selbstverständliche Hilfeleistung bezahlen ließe.“

„Hm, es ist offenbar gar nicht so leicht, meinen praktischen Dank loszuwerden. Aber dann danke ich Ihnen wenigstens mit Worten. Herzlichen Dank!“

„Wie gesagt: gern geschehen.“

„Kennen Sie das Mädchen? Dann würde ich mich gern bei ihm bedanken.“

„Kennen ist zu viel gesagt. Aber ich weiß, dass sie in der Parallelstraße wohnt – Schwalbengasse. Die Leute heißen Kühn oder Kuhn oder Kuhl oder so ähnlich. Das vorletzte Haus."

„Danke! Das finde ich sicher."

„Hallo!", spricht Alfred über den Gartenzaun das kleine Mädchen an, das auf einer Schaukel durch die Luft schwingt.

„Hallo."

„Darf ich fragen, wie du heißt?"

„Christine."

„Christine Kuhl?"

„Nein!" Das Mädchen lacht, schwingt aus und springt vom Sitzbrett der Schaukel. „Kuhl doch nicht! Kuhn! Mit nnnn!"

„Sag mal, Christine, hast du neulich mal im Wald einen Mann gefunden, der ohnmächtig war? Und bist schnell gelaufen, um Hilfe zu holen? Der Mann war nämlich ich!"

Das Kind steht einige Augenblicke still, dann rennt es zur Haustür. „Mama! Mama! Hier ist der Mann, der tot war. Im Wald. Komm mal!"

Eine Frau erscheint in der Tür. „Ich habe dir doch erklärt, Christine, der war nicht tot, er war ohnmächtig. Sonst hätten die Sanitäter ihn ja nicht retten können." Sie tritt vor das Haus. „Guten Tag!"

„Guten Tag", grüßt Alfred zurück und geht durch das Gartentürchen auf sie zu. Er trägt eine Plastiktüte in der Hand. „Ja, ich bin das. Und wie Sie sehen, bin ich ziemlich lebendig. Es hat allerdings fast drei Wochen gedauert. Und jetzt wollte ich mich bei Ihrer Tochter bedanken."

Christine kommt ganz unbefangen auf den Fremden zu und streckt ihm lächelnd die Hand hin. Alfred schlägt ein und sagt: „Liebe Christine, ich danke dir, dass du gleich Hilfe geholt hast. Du hast mir damit das Leben gerettet."

Christine strahlt über das ganze Gesicht.

„Ich möchte dir gern zum Dank ein Geschenk machen. Eine größere Summe Geld. Damit kannst du dir etwas Schönes kaufen, was du immer schon mal haben wolltest."

Frau Kuhn kommt heran. „Augenblick mal, Herr ..."

„Brecht."

„Herr Brecht, ich möchte nicht, dass Sie dem Kind Geld schenken. Schon gar nicht viel!"

„Verzeihung! Ich hätte Sie erst fragen sollen. Ich wollte nur meinen Dank ..."

„Ich verstehe, dass Sie dankbar sind. Aber was Christine getan hat, hat sich doch einfach so ergeben. Da müssen Sie sich nicht groß bedanken. Danken Sie Gott, der das alles so gefügt hat, dass Sie mit dem Leben davongekommen sind."

„Aber von Gott habe ich keine Kontonummer."

„Die brauchen Sie auch nicht. Sie können ..."

„Mama!", unterbricht ihre Tochter. „Wenn der Mann mir Geld geben würde, dann könnte ich es doch zu meinen zwei Euro dazutun, die ich von meinem Taschengeld geben wollte. Für die armen Kindern in Indien. Du hast gesagt, du wolltest es hinschicken."

Ihre Mutter erklärt: „Sie spricht von einer Hilfsorganisation. Am Sonntag hat jemand im Kindergottesdienst davon berichtet. Das hat sie so beeindruckt, dass sie auch etwas spenden wollte."

Ein erschreckender Gedanke schießt Alfred durch den Kopf. „Die Hilfsorganisation heißt nicht zufällig HIFIKI?"

„Doch. Kennen Sie sie?"

Alfred antwortet nicht. Er schaut nur in die Plastiktüte und murmelt: „Wenn das so ist, dann muss ich wohl tiefer in die Tasche greifen, als ich zunächst wollte." Er zählt lauter große Geldscheine auf das Sitzbrett der Schaukel. Einige sind noch mit Banderolen der Bank zusammengepackt. Mit leiserer Stimme, die eine gewisse Unsicherheit vermuten lässt, sagt er: „Das sind 30 000,- Euro. Wenn Sie so freundlich sein wollen, das mit zu überweisen ..."

Christines Mutter macht große Augen. „Das ... Sie machen wohl Scherze? Dass ... Sie können doch nicht ..."

„Ich kann schon", sagt Alfred und wird dabei wieder lauter. „Das ist das Erbe von meiner Tante Elfriede aus Wuppertal."

„Ist das Geld echt?", fragt Christine.

„Ganz echt. Und ich überlasse es Ihnen, ob es ein Dank an Christine oder ein Dank an Gott sein soll. Übrigens – Tante Elfriede aus Wuppertal wäre mit Letzterem sicher einverstanden, sie war eine fromme Frau."

„Für die armen Kinder in Indien!", freut sich Christine.

„Also gut", sagt Frau Kuhn, „überweise ich also 30.002,- Euro. Wenn Sie es bereuen – jetzt können Sie noch zurück!"

Alfred schüttelt nur den Kopf. Und seltsam – er hat erst etwas verkniffen ausgesehen, aber jetzt lächelt er.

Frau Kuhn schaut ihn einige Augenblicke an, als wollte sie ihm Gelegenheit geben, einen Rückzieher zu machen. „Gut. Aber bei so einer Summe sind doch einige Formalitäten nötig. Wenn Sie mir bitte ins Haus folgen wollen?“

Als Alfred nach einem herzlichen Abschied die Schwalbengasse verlässt, fühlt er sich merkwürdig leicht. Am liebsten wäre er freudig gehüpft, wie Christine beim Abschied. Aber das scheint ihm dann doch etwas unangebracht für einen älteren Herrn. Ihm ist, als hätte er das Geld in Form von Gold oder Silber in der Tasche getragen und sei nun eine Last losgeworden.

Jetzt bin ich nur gespannt – denkt er –, was Susanne sagt. Entweder: „Wie kannst du nur, Papa! So viel Geld! Das war wirklich sehr unüberlegt!“ oder: „Siehst du – Mama sagte auch schon immer: Danken macht froh.“

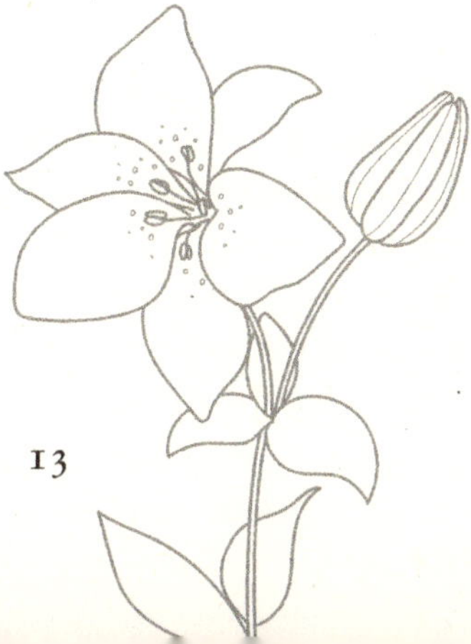

Annekatrin Warnke

Reisebekanntschaft

Bernd wurde heftig durchgeschüttelt und war wieder wach. Dabei hatte er sich doch in dieses Nickerchen geflüchtet, um dem Redefluss seiner Sitznachbarin zu entgehen. Der verdammte Reisebus war wohl mal wieder durch ein Schlagloch gebrettert. Und schon legte die alte Schachtel auf dem Fensterplatz neben ihm los:

„Da sind Sie ja wieder, Herr Schwarzhoff! Wurde aber auch Zeit! Sie verschlafen ja die herrliche Negev Wüste komplett! Schauen Sie nur, wie schön es hier ist!"

„Na ja – Wüste halt", brummte Bernd und rieb sich die Augen.

Leider verschwand dadurch die verstörende Farbexplosion links neben ihm nicht. Frau Berger war heute vom neckischen Käppi bis zu den mit Perlen überzogenen Flipflops komplett in Pink gekleidet. Ihre Sonnenbrille mit den riesigen Gläsern schimmerte in allen Farben des Regenbogens. Weshalb sie auch zu ihren vorherigen Outfits auf dieser Reise gepasst hatte: dem orangefarbenen, dem sonnengelben und dem himmelblauen. Und heute also pink. Grässlich!

„Ich finde es wirklich schön, dass wir uns nach drei Tagen auf dieser Israelreise endlich mal besser kennenlernen, Herr Schwarzhoff", zwitscherte Frau Berger.

„Na ja – ich war heute Morgen beim Auschecken spät dran. Der Platz neben Ihnen war der einzige, der noch frei war."

Frau Berger kicherte und klopfte ihm spielerisch auf den Oberarm: „Sie sind aber auch neckisch!", säuselte sie und strahlte ihn an. Himmel! Normalerweise schreckte seine ungehobelte Ehrlichkeit lästige Plauderer ab. Die Redefreude von Miss Pinkie dagegen hielt an:

„Ist diese Reise nicht großartig bisher? Das haben wir natürlich auch unserem wunderbaren Reiseleiter und seinen interessanten Geschichten zu verdanken!" Unfassbar! Das konnte Bernd keinesfalls unwidersprochen stehen lassen: „Was an diesem selbstverliebten Gockel finden Sie denn wunderbar?", knurrte er. „Und was für interessante Geschichten meinen Sie? Die haben doch immer nur eine Hauptperson – ihn selbst. Wie er im See Genezareth den dicksten aller Fische gefangen hat. Dass er sich im Jordan hat taufen lassen. Wie ihm im Garten Gethsemane eine Olive auf den Kopf gefallen ist …"

„Ja, der Manfred ist eben ein Beziehungsmensch! Durch seine persönlichen Erlebnisberichte lässt er uns an seinem Leben teilhaben. Dann entwickelt sich Zwischenmenschliches …"

„Aber sicher! Bei mir eine ganz herzliche – Abneigung. Oder sagen wir: Manfred-Allergie."

Mit ruhigen Bewegungen nahm Frau Berger ihre Sonnenbrille ab und platzierte sie auf ihrem Käppi. Strahlend blaue Augen umgeben von unzähligen Lachfältchen blitzten ihn ungehalten an.

„Nun ist aber mal Schluss, Bürschchen!“, sagte sie bestimmt.

„Was erlauben Sie sich! Bürschchen! Ich bin 46 Jahre alt…“

„Ja und? Ich bin 25 Jahre älter und könnte deine Mutter sein. Da sie dich nicht auf den Pott setzen kann, mache ich das jetzt. Seit drei Tagen verdirbst du allen die Freude an dieser Reise mit deiner schlechten Laune und den zynischen Bemerkungen. Die Krönung war gestern in Bethlehem in der Geburtskirche. Wie du dich lautstark lustig gemacht hast über all die Menschen, die tief ergriffen diesen Stern geküsst haben …“.

„Das war ausgesprochen unappetitlich“, fiel Bernd ihr ins Wort.

„Warum machst du überhaupt so eine Reise, wenn dich alles hier nervt?“, fragte Frau Berger.

Ja, warum? Weil Petra in 15 Ehejahren immer mal wieder gebettelt hatte: Lass uns eine Israelreise machen. Er hatte nie Lust dazu gehabt. Nun hat sie ihn verlassen und ist mit diesem Schnösel Oliver zusammengezogen. Und die Zwillinge finden den super! Bernd hatte gedacht, es würde Petra ärgern, dass er nun ihre Sehnsuchtsreise alleine angetreten hat.

„Aha! Eine Trotzreaktion also das Ganze. Das passt.“

Verflixt! Hatte er tatsächlich der ollen Berger von seiner Familienkatastrophe erzählt? „Was hat dich sonst noch so verletzt, dass du ständig um dich schlagen musst?“, hakte Frau Berger nach.

Bernd seufzte. Das hatte ihn noch niemand gefragt. Niemand war je auf die Idee gekommen, Bernd

Schwarzhoff könne verletzt sein. Mit seiner Angriffslust hielt er alle auf Distanz.

„Du kannst Rosie zu mir sagen, Herr Schwarzhoff. Und ich habe gar nichts dagegen, dass du keine rosarote Brille trägst. Natürlich ist unser Manfred auch ein bisschen selbstverliebt. Und natürlich kann man den Hype in der Geburtskirche gerne hinterfragen. Dein unbestechlicher Blick ist echt wertvoll. Aber musst du deshalb so ein Stinkstiefel sein?"

Wertvoll – das hatte er noch nie gehört. Bernd hatte sich immer nur minderwertig gefühlt. Er war drei Jahre alt gewesen, als seine Schwester mit einem schweren Herzfehler geboren wurde. Seither hatte sich bei seinen Eltern alles um die Kleine gedreht. Ständig waren sie bei ihr im Krankenhaus und er wurde bei seinen Großeltern „geparkt". Mit zehn Jahren war Martina dann gestorben. In seiner Trauer fand er keinen Trost, weil die Eltern mit ihrer eigenen Trauer beschäftigt waren. Bernd dachte damals, sie wären froh gewesen, wenn er an Martinas Stelle gestorben wäre.

„Ach, du armes, unglückliches Kind", sagte Rosie und nahm ihn in den Arm. Hatte er tatsächlich schon wieder etwas erzählt? Sogar etwas, das er seit Jahrzehnten unausgesprochen mit sich herumtrug? Die Umarmung fühlte sich gut an und Bernd begann zu weinen.

„Leben deine Eltern noch?", fragte Rosie. Bernd nickte. „Dann musst du unbedingt mit ihnen sprechen. Ich vermute, dass sie nicht wissen, was sie in dir ausgelöst haben. Menschen, die sich nahestehen, werden immer aneinander schuldig. Allermeist ohne böse Absichten.

Das musst du verstehen, um nicht mehr so biestig sein zu müssen."

„Bist du Pastorin im Ruhestand?", fragte Bernd und wischte sich die Tränen aus den Augen.

Rosie lachte: „Knapp daneben. Ich war Lehrerin."

Für den Rest der Reise waren Rosie und Bernd unzertrennlich. Bernd störte sich noch nicht mal an Rosies knallrotem Abendoutfit zum Abschiedsabend. Er wusste inzwischen, dass sie ihrem Mann auf seinem Sterbebett zwei Versprechen gegeben hatte: die gebuchte Israelreise alleine anzutreten und niemals Trauerkleidung zu tragen. Ihr verstorbener Mann hatte leuchtende Farben an seiner Frau geliebt.

Sechzehn Jahre später, im Mai 2023, steht Bernd mit seiner Frau Simone und seinen beiden erwachsenen Söhnen am Grab von Rosie Berger. Sie hat, wie er, im Ruhrgebiet gelebt. Regelmäßig haben sie sich getroffen. Patrick und Florian waren auf ihren Wochenendbesuchen häufig dabei. Für sie wurde Rosie eine dritte Oma. Als Simone in Bernds Leben trat, erlebte sie Rosie wie eine gute Schwiegermutter: klug, warmherzig und Bernd, falls nötig, die Leviten lesend.

Vor ein paar Tagen ist Rosie friedlich von dieser Welt gegangen. Sie ist einfach eingeschlafen. Es war ein Sekundentod aus heiterem Himmel an einem Frühlingstag auf einer Bank im Park. Sie trug ihren kecken himmelblauen Strohhut und ihre große bunte Sonnenbrille. Bernd zupft die Schleife an seinem Kranz zurecht. Darauf steht: DANKE! Dein Bernd.

Uwe Heimowski

Ein Überfall in der Sandgrube

Angefangen hat alles in einer kleinen Sandgrube. Peter und seine Familie waren „Zugezogene“, wie man es nannte. Und das war kein Kompliment. Peter kam sich eher wie ein „Weggezogener“ vor: Scheidung, neuer Vater, Auszug von zu Hause und nun der Umzug in dieses 150-Seelen-Dorf am Ende der Welt, in dem alle ein Kauderwelsch namens Plattdeutsch sprachen. Peter war sieben und schüchtern und verstand kein Wort.

Immerhin gab es da diese Sandgrube bei dem kleinen Waldstück hinter dem Haus, die Peter bei einem seiner ersten zaghaften Spaziergänge entdeckt hatte. Er liebte es, darin zu spielen. Er saß im Sand und versunken widmete er sich seinem Spiel. In einem Einweckglas hatte er Insekten gesammelt: mehrere Marienkäfer, zwei Regenwürmer, einen Tausendfüßler, einen dicken schwarzen Mistkäfer, drei Raupen, einige Ameisen und einen Ohrenkneifer. Den hatte er im Hausflur gefunden und von seiner Mutter ein dickes Lob dafür bekommen, weil er ihn gleich aufgelesen hatte. Sie krochen und krabbelten munter durcheinander. Ab und zu klopfte er auf den Deckel, damit die Ameisen an den Wänden zurück auf den Boden fielen, bevor sie die Luftlöcher erreichten.

Für jede Insektenart grub er ein eigenes Gehege in den

Sand. Der Mistkäfer bekam eine Höhle. Für die Raupen baute er eine Hütte aus Ästen und Blättern.

Peter war so versunken in sein Spiel, dass er die Schritte auf dem schmalen Trampelpfad, der aus dem Wald zur Sandgrube führte, überhörte. Als eine Art Indianergeheul einsetze fuhr er erschreckt hoch. „Da ist der Neue! Los, auf ihn!“

Ein Stein traf Peter am Kopf, Sand spritzte in sein Gesicht. Peter war völlig überrumpelt, wurde umgestoßen, und ein fetter Kerl, sicher neun oder zehn, setzte sich auf ihn. Der Dicke drückte seine Knie auf Peters Arme und rieb sie auf den Muskeln. Peter wand sich vor Schmerzen.

„Das ist unsere Sandgrube“, meldete sich eine zweite Stimme und bellte Peter an: „Was hast du hier verloren?“

„Aber ich ...“ Peter konnte nicht weiterreden, der zweite Angreifer schob ihm eine Handvoll Sand in den Mund. Er spuckte und prustete. Doch schon folgte die nächste Fuhre Sand.

„Holger, das ist genug“, meinte der erste Angreifer, blieb aber auf Peters Armen sitzen. „Ich weiß was Besseres. Schau mal da.“ Ohne loszulassen, zeigte er mit dem Kinn auf das Glas mit den Insekten.

„Na, Sandfresser, was willst du zuerst? Einen Regenwurm oder eine Raupe?“ Er lachte schallend los, Holger lacht mit.

Peter spuckte den Dicken an. Oder vielmehr: Er versuchte es. Aber weil er noch auf dem Boden lag und sein Mund noch voller Sand war, fiel der Brei aus Spucke und Sand zurück in sein eigenes Gesicht. Holger und sein Kumpel bogen sich vor Lachen.

„Der sabbert ja, der Kleine, wie niedlich."

„Nein, dem läuft schon das Wasser im Munde zusammen." Holger gluckste vor Lachen über seinen Witz. Er nahm jetzt das Glas, schraubte es auf und fingerte nach einem Regenwurm.

„Sieht lecker aus, was Sandfresser?"

Der Regenwurm ringelte sich nervös hin und her

„Lecker, lecker, lecker – wo du herkommst, das isst man doch bestimmt gerne Regenwürmer, oder?"

Tränen liefen über Peters Wangen. Er schloss die Augen und erwartete angewidert den Wurm.

Plötzlich gab es einen Knall.

„Aua!" Holger heulte auf. Eine Hagebutte hatte ihn am Kopf getroffen, Samenkerne und Saft klebten an seiner Stirn. Schon kam die nächste geflogen. Und noch eine. Vor Schreck lockerte der Dicke seinen Griff. Peter reagierte sofort. Er warf ihn ab und stürzte sich mit einer Handvoll Sand auf ihn. Im selben Moment ging jemand auf Holger los. Nach einem kurzen Handgemenge saß Peter auf dem Dicken, der Unbekannte auf Holger.

„Spinnt ihr eigentlich, oder was? Er hat euch doch gar nichts getan", brüllte der unerwarteter Retter jetzt und stieß Holger sein Knie so fest in die Seite, dass der aufstöhnte.

„Haut bloß ab!", knurrte er sauer und rutschte zur Seite. Die beiden rannten davon. Peter sah ihnen nach, dann sah er seinen Retter an. Ein dunkelhaariger Junge, das Gesicht mit Sommersprossen übersät. Er war etwas älter als Peter. Sie grinsten sich an.

„Ich bin Martin“, sagte der Junge und streckte ihm seine Hand entgegen.

„Danke“, stammelte Peter, „du bist mein Retter.“

„Dafür nich – hab ich gerne gemacht.“ Martin sah kurz zu Boden. „Aber Retter ist vielleicht ein bisschen zu viel gesagt, ich kann die beiden sowieso nicht leiden.“

Sie lachten.

„Aber nun zeig mir mal, was du da gebaut hast.“

Peter und Martin bauten einen großen, weitverzweigten Insekten-Sand-Zoo. Schnell wurden sie zu Freunden. Schon nach wenigen Wochen waren sie unzertrennlich. Kaum war die Schule aus, saßen sie auch schon auf ihren Fahrrädern und waren auf dem Weg in den Wald. Bauten ein Baumhaus oder übten auf dem Bolzplatz Flanken und Flugkopfbälle. Besonders gerne gingen sie an den kleinen Fluss, der sich an ihrem Dorf vorbeischlängelte. Sie fingen Weißfische mit ihren Angelruten aus Bambus, brieten sie direkt am Ufer – und spuckten die Gräten in den Sand.

Das Einzige, was Peter nicht verstand, war, dass Martin sonntagsvormittags nie Zeit hatte. Dabei war das doch der perfekte Tag, um etwas gemeinsam zu unternehmen. Irgendwann fragte Peter ihn direkt:

„Komm, Martin, jetzt sag doch mal, was los ist. Warum hast du denn sonntags nie Zeit? Und komm mir nicht wieder mit irgendeiner einer Ausrede.“

Martin sah Peter lange an, dann hob er die Schultern. „Na gut, wir sind ja Freunde.“ Er zögerte. „Also, sonntags gehe ich mit meiner Mutter immer in den Gottesdienst.“

Er senkte den Blick, seine Wangen röteten sich.

„Ach so“, meinte Peter, „da waren wir früher auch oft, bevor wir umgezogen sind, da gab es eine ziemlich coole Kinderstunde. Wo geht ihr denn hin?“

Martin strahlte ihn an: „Du lachst mich nicht aus? Weißt du, ich bin der Einzige im Dorf, der zum Gottesdienst geht. Holger und sein Kumpel Christian, die machen immer blöde Witze über Gott und die Kirche, darum kann ich sie ja nicht leiden.“

Peter lachte. „Da, wo wir früher gewohnt haben, war das anders. Da gab es viele Christen.“ Er überlegte einen Moment, bevor er sagte: „Nimm mich doch mal mit,“ er unterbrach sich selbst mit einem Lachen, „in der Kirche geht es ja schließlich auch um einen Retter. Um den Retter der Welt – und ehrlich gesagt finde ich Retter ziemlich klasse, seitdem du mir aus der Patsche geholfen hast. Danke dafür noch mal, das war echt stark.“

„Ach, dafür nicht. “ Martin strahlte ihn an.

Andreas Malessa

Sie nicht

Doch, es war schön gewesen, das Dankeschön-Grillfest für die Ehrenamtlichen der Kirchengemeinde. Erstaunlich gut besucht. Pickepackevoll könnte man sagen. Gedankt wurde allen, die im Laufe des bisherigen Jahres was gemacht hatten. Allen, die beinah mal was gemacht hätten. Und allen, die nichts gemacht hatten, es aber theoretisch mal würden.

Herrmann klappte die Campingliege auf seiner Terrasse in Sitzposition, ließ sich ächzend darauf nieder und blinzelte über seine ausgestreckten Beine hinweg in die Heckensträucher. Der dunkelblau leuchtende Abendhimmel darüber, die noch spätsommerlich warme Luft – herrlich. Den Sonntag Revue passieren lassen, schweigend vor sich hin sinnieren, das mochte er.

Doch, das Mitarbeiter-Danke-Fest im Pfarrgarten heute Nachmittag war schön gewesen. Hinterher war es dann ja noch schöner geworden.

Gegrillt wurden nicht Schweinenacken und Bratwürstchen, sondern Veggieburger und Rohkost-Spießchen. Statt Pappteller gab's Porzellangeschirr, statt Plastikbesteck bleischwere Messer und Gabeln. Die Smoothies trank man aus Gläsern statt Pappbechern. Es war halt ein nachhaltiges Gemeindefest, klar. Herrmann fand das gut, obwohl Nachhaltigkeit einen nachher halt lange aufhält. Wer spülte das Geschirrgebirge in der Gemeindehausküche, wenn die Spülmaschine abgeklemmt war, um Energie zu sparen?

Nicht die jungen Familien und Singles, die waren zügig verschwunden.

Nicht die amtlich geehrten Ehrenamtlichen, die üblichen Verdächtigen, die fleißigen Bienchen. Denen war ja gedankt worden und die mussten heute nichts machen.

Nur Herrmann! Nur er war dageblieben.

Und eine junge Frau, schätzungsweise Anfang dreißig, deren modischen Namen er sich … Moment, die hieß … die … Menschenskind, wie hieß sie.

Irgendwas wie Nikolaus und Fabian, nur eben für Frauen. Mit der sich aber ein interessantes Gespräch ergeben hatte. Eher ein Herrmann-Monolog, aber interessant.

Vorgestern, in der ZDF-Doku, da ging's doch um die Generation der in den 80er-Jahren Geborenen, um diese sogenannten „Millenials". Dass Sportvereine, Feuerwehren, THW und DRK, Jugendzentren und Kirchengemeinden händeringend und meist vergeblich jüngere Ehrenamtliche suchten.

Die aber wären prestigeorientiert und würden nur vorzeigbare Aufgaben übernehmen. „Projekte, die was hermachen" auf Facebook, Insta und den Chatkanälen. Also nicht Spülen zum Beispiel, von Hand, nach einem Gemeindefest. Außerdem, so hatte Herrmann die TV-Sendung referiert, seien die 30-Jährigen unbekümmert sprunghaft, terminlich unzuverlässig, wenig belastbar.

Und müssten am Ende für jedes bisschen Engagement überschwänglich gelobt und belohnt werden.

Sie nicht, hatte sie gelacht.

Aber endlose Bilderstrecken in den sozialen Medien von kränkelnden Azubis und Studierenden im Bett, mit Tablettenschachteln auf der Brust und wehleidigen Erklärungen ihres Unwohlseins? Kenne sie das nicht, hatte er gefragt.

Nöö, sie nicht.

In der Wochenendbeilage der Lokalzeitung hatte Herrmann gelesen, dass die Teenager unter 18 für den Klimaschutz demonstrierten, während die Millenials über 30 lieber vegane Körperpflegemittel, Hafermilchpreise und Tipps zum Gemüsebeet-Anbau austauscht.

Sie nicht, hatte die Dings, wie heißt sie noch, den Kopf geschüttelt.

Herrmanns jüngster Freund, Ende 50, Personalchef in einem mittelständischen Metallbetrieb, habe neulich erzählt, die Ansprüche vieler Bewerberinnen und Bewerber an Gehalt, Arbeitszeiten und -bedingungen seien unerfüllbar. Ihre Leistungen aber eher ausbaubar. Um nicht zu sagen: unterirdisch. Sagen dürfe er das aber nie, sonst würden die jungen Leute traumatisiert. Nach der Probezeit werde oft gekündigt, weil man sich alles viel schöner vorgestellt hatte. Und Burnout hätte. Also beinah.

Sie nicht, hatte sie grinsend verneint. Ohne zu verraten, wo sie arbeitete.

Das Modewort „Work-Life-Balance“ fände er Quatsch, hatte Herrmann gegen den Lärm gerufen, den Stapeltassen und Teller beim Einräumen in die hohen

Hängeschränke verursachten. „Weil ich auch lebe, wenn ich was schaffe und mir die Arbeit womöglich gar Spaß macht, Lebensfreude beschert, Sinn stiftet, verstehen Sie?“

Jaja, hatte sie genickt, mir auch. Sogar diese Tätigkeit hier – die ehrenamtliche Haushaltsarbeit an einem Sonntagabend – mache ihr Spaß, obwohl andere jetzt gerade Tatort guckten.

„Also kein bisschen Fomo?“, hatte Herrmann zurückgefragt, stolz, dies Wort zu kennen, „keine ‚Fear of missing out‘, die Angst, was zu verpassen?“

Nein, kein bisschen.

Fertig! Die junge Frau hatte die Arbeitsflächen gewischt und den Küchenboden gefegt, während Herrmann draußen den stinkenden Komposteimer befüllt und laut scheppernd Altglas von Pfandglas getrennt hatte.

„Na ja, den jungen Pfarramtsbewerber neulich, den hat unsere Gemeinde ja nicht angestellt, weil er höchstens 50% arbeiten, aber eine größere Dienstwohnung wollte ...“ Schnaufend hatte Herrmann eine Kiste vergessenes Leergut ins Haus gewuchtet. „... ich vermute mal, der wollte in Südhanglage wohnen, mit bodentiefen Fenstern und Kirschholzparkett.“

„Jetzt übertreiben Sie aber!“, hatte Miss Millenial lachend protestiert und ihm spaßeshalber ein nasses Geschirrtuch zugeworfen, das er elegant auffangen konnte. „Seien Sie lieber dankbar, wie gut Ihre Kirchengemeinde bisher auch ohne Pfarrer funktioniert hat. Dank der vielen Ehrenamtlichen. Auch der jüngeren übrigens.“

Und dann waren sie, der alte Mann und die junge

Frau, nach getaner Arbeit ins Freie getreten, in den wild wuchernden Garten, hatten den Blütenduft eingesogen und den beginnenden Sonnenuntergang gelobt, bis Herrmann „Also ich geh dann mal“ gesagt hatte.

„Ich nicht“, hatte sie gelächelt, „schauen Sie, da hinten, noch drei Biertische und sechs Bänke. Die holen wir lieber rein, bevor der Nachttau alles nass macht.“

Herrmann hasste es, scharfkantige Eisenbeine von Bierbänken einzuklappen. Altersbedingt nahm er Blutverdünnungspillen und jede noch so kleine Verletzung an den Händen blutete wie die Sau.

„Dann geh’n Sie ruhig heim, wirklich“, hatte sie versichert. „Bänke schleppen macht mir nix. Hauruck und zuck. Ich kann auch abschließen und den Schlüssel in den Pfarramtsbriefkasten werfen. Schön’ Abend noch.“

Es war dunkel geworden, als Herrmann aufstand, sich im Wohnzimmer eine Strickjacke und in der Küche ein Glas Wein griff und auf die Terrasse zurückkehrte. Doch, war schön heute.

„Ging aber noch lang, oder? War irgendwas?“, fragte Hedwig durch die offene Terrassentür und stellte sich neben ihn. „Nee, nur Spülen und Aufräumen, aber heute war das natürlich irre viel. Und bis die ganzen Bierbänke reingetragen waren, das dauert.“

Seine Frau schaute kritisch zu ihm herüber.

„Du lächelst so zufrieden. Wegen der Bierbänke und Spülberge?“

Hedwig entging keine Regung im Gesicht ihres Gatten. Nicht mal im Dunkeln.

„Komm schon, Herrmann, woran denkst du?“

„An eine sympathische junge Dame. Kannte ich nicht. Anfang dreißig vielleicht. Half mir in der Küche. Obwohl sie zur Generation Millennials gehört."

„Ach die Nicoletta Fabienne? Ja, patentes Mädel. Wird unsere neue Gemeindediakonin. Wusstest du das nicht? Für die können wir echt dankbar sein."

Rebecca Dernelle-Fischer

Die Dankeschön-Kiste

„Was machst du da, Mama?“

Tom hatte seine Mama schon einer Weile beobachtet. Jetzt konnte er seine Neugier nicht mehr aushalten. Er hatte gesehen, wie sie den kleinen Luka ins Bett gebracht hatte, auf Zehenspitzen aus dem Zimmer gegangen war und sich einen Kaffee gemacht hatte. Sie hatte sich an ihren Schreibtisch gesetzt und langsam, mit einem Lächeln im Gesicht, aus der tiefsten Schublade eine Kiste geholt, die so groß war wie ein Schuhkarton.

„Pssst Tom, sei leise“, flüsterte sie ihm zu. „Dein Bruder ist endlich eingeschlafen. Komm mal her, ich zeige dir, was ich mache.“ Tom schnappte sich einen Stuhl und setzte sich stolz neben seine Mama an den Schreibtisch. Er fühlte sich so groß. Der Karton sah aus wie eine Schatztruhe und er konnte es nicht abwarten, einen Blick hineinzuwerfen.

Mama wischte über den Deckel und fragte Tom: „Kannst du das lesen?“. Auf dem Deckel waren ein paar Worte schwungvoll in goldener Schrift geschrieben. Tom las mühelos: „Vergiss nicht zu danken.“ Er schaute seine Mama fragend an. „Das kenne ich doch, es ist ein Lied! Die Oma singt es immer wieder beim Kochen, wenn wir zu Besuch dort sind. “

„Ganz genau Tom! Und das, siehst du, ist meine Dankeschön-Kiste. Ich habe sie seit deiner Geburt!"

„Seit meine Geburt?", unterbrach sie Tom. Er strahlte über das ganze Gesicht.

Als Mama behutsam den Deckel öffnete, erzählte sie fröhlich weiter. „Ja, seit deiner Geburt. Als du zur Welt kamst, ist mein Leben auf den Kopf gestellt geworden. Es war so ein Wunder, dich in den Armen zu halten, dich zu beobachten. Als ob Gott uns das schönste Geschenk gemacht hätte, das es gab. Ich fühlte mich so, als würde ich die Welt zum ersten Mal in Farbe sehen können. Vorher habe ich alles am liebsten möglichst schnell erledigt, ohne einen Blick für das zu haben, was um mich herum passierte. Dabei habe ich ganz viele coole Sachen gar nicht wahrgenommen." Tom lachte: „Du meinst, du warst wie ein dicker Bulldozer in einem Blumenfeld?" Mama lachte und staunte wieder über ihren Jungen. Immer hatte er einen guten Spruch auf den Lippen. „Ja, so kann man das auch sagen." „Und dann kam ich."... „Ja, und dann kamst du. So klein und doch so toll. Papa und ich fanden dich einzigartig, spitze und ..." Tom wurde es langsam etwas peinlich. „Okay Mama, schon gut, schon gut, aber was bitte ist eine Dankeschön-Kiste?"

Endlich holte Mama Papiere, Umschläge und Notizbücher aus der Kiste und zeigte sie Tom. Er nahm eine Liste und las: „Frau Müller, Opa, Eloïse, Herr Fritz ..." Neben manchen Namen war ein Haken, neben anderen noch ein paar gekritzelte Worte wie: „Adresse finden" oder „bester Mathelehrer". Tom fühlte sich wie ein Detektiv und kratzte sich am Kopf. Was sollte das sein?

Mama nahm einen Umschlag, eine Briefmarke und ein leeres Blatt. Sie fragte: „Okay, Tom, schau auf die Liste, wer sollte heute dran sein?“ Tom schaute sich die Liste an. „Deine Cousine Kathrin, ich mag sie, die ist lustig.“ Mama lachte und meinte: „Oh, ja, ich mag sie auch und sie erzählt wirklich die besten Geschichten.“

In einem großen Bogen schrieb Mama langsam: „Liebe Kathrin.“ Dann machte sie eine Pause. Tom konnte die Spannung nicht mehr aushalten: „Und jetzt?“ „Und jetzt, mein lieber Tom, erinnere ich mich an das, was ich mit Kathrin erlebt habe und wofür ich ihr von Herzen danken möchte.“ „Im Ernst?“, fragte Tom mit einem seltsamen Gesichtsausdruck. „Oh ja, Tom, im Ernst. Ich denke daran, wie ich als Kind bei ihr übernachtet habe, sie war älter als ich und sie war so cool. Ich durfte in ihrem Zimmer alles anschauen, ihre tollen Stifte ausprobieren, mit ihrem Hund spielen. Sie ist mit mir ins Schwimmbad gegangen und sogar einmal in den Freizeitpark.“ Tom traute seinen Ohren kaum. War seine Mama einmal so cool und jung gewesen und sogar in den Freizeitpark gegangen?

„Und jetzt, willst du wieder etwas mit ihr unternehmen?“, fragte er.

Mama lachte: „Nein, ich möchte ihr nur dafür danken und ihr sagen, wie gut es mir tat. Wie froh ich war, eine Cousine zu haben, die Zeit für mich hatte, die mich mochte, mit der ich über alles reden konnte. Ich schreibe jetzt den Brief, solange dein Bruder noch schläft. Dann können wir ihn morgen auf dem Weg zur Schule in den Briefkasten werfen.“

Tom war noch nicht fertig mit seinen Fragen und wollte alles wissen: ob jemand schon auf einen ihrer Briefe geantwortet hatte und warum seine Kindergartenerzieherin auch auf der Liste stand. Wie oft sie die Briefe schrieb und was sonst noch in dem Notizbuch stand und warum sie ausgerechnet an seiner Geburt damit angefangen hatte.

„Tom, Tom, Tom, so viele Fragen! Lass mich ein paar beantworten, aber dann möchte ich meinen Brief wirklich schreiben. Wir können gern später weiter darüber reden."

Tom nickte, er war einverstanden. Er freute sich drauf, die Briefe zu lesen, die Mama ganz unten in der Kiste gesammelt hatte. Das waren die Antworten, nach denen er gefragt hatte. Mama meinte, dass es ganz besonders sei, sie zu lesen und dabei zu merken, dass ihre Briefe anderen Menschen gutgetan hatten, dass sie froh über diese Briefe waren und sich über das freuten, was darin stand. Mama strahlte. „Mich macht es auch fröhlich und nach dem Schreiben bin ich immer besser gelaunt. Und wenn ich doch keine Zeit habe, einen Brief zu schreiben, dann nehme ich mein Notizbuch und notiere, wofür ich dankbar bin." In dem Büchlein standen viele kurze Sätze, manchmal nur Worte.

„Aber Mama", sagte Tom empört, „du hast hier ‚Spülmaschine' geschrieben und da, dass der Luka einmal den Topf benutzt hat … das ist ja komisch." Mama fand diese Bemerkungen sehr lustig und erklärte: „Ja, siehst du Tom, deswegen habe ich diese Dankeschön-Kiste angefangen, als du geboren wurdest. Weil ich dann plötzlich merkte, wie gut die kleinen Sachen sind, wie schön das Leben ist, dass ich oft Schätze nicht wahrnehme, weil ich zu schnell daran vorbeirenne. Plötzlich merkte ich, dass ich reich beschenkt bin, jeden Tag. Ich dachte an Omas Lied ‚Vergisst nicht zu danken' und wollte meinen Dank aufschreiben, und immer wieder schreiben, und sagen ... Ich wollte Gott danken, dass er da ist, dass er mich liebt und mir seine Liebe immer wieder durch so viele Menschen gezeigt hat. Ich wollte ihm danken, dass er dich so wunderbar gemacht hat. Und je mehr ich Danke sagte, desto öfter entdeckte ich, wofür ich noch danken konnte. So, und jetzt möchte ich, dass du ein bisschen allein spielst."

„Dein Brief, ich weiß." Tom sprang auf seine Füße und man konnte nur noch von Weitem hören, wie er in den Schränken nach etwas suchte, laut Selbstgespräche führte und dann in seinem Zimmer verschwand. Er war lange verschwunden, verließ sein Zimmer nur, um im Altpapier zu wühlen oder um noch mehr Stifte zu holen. Papa musste ihn mehrmals zum Abendessen rufen, bis er endlich kam.

An diesem Abend, als Tom endlich eingeschlafen war und es im Haus ruhig wurde, entdeckte Mama einen alten Schuhkarton auf seinem Schreibtisch. Auf den Deckel hatte er geschrieben „DANKESKISTE". Sie lächelte sanft und dachte an Tom und daran, wie viel dieser Junge in ihrem Leben verändert hatte. Innerlich machte sie sich eine Notiz: „Dankesbrief an Tom schreiben", und nickte zufrieden.

Als sie endlich ins Bett ging, fand sie einen Brief auf ihrem Nachttisch. Die Briefmarke war fantasievoll gezeichnet. Den Umschlag hatte Tom anscheinend im Altpapier gefunden. „Für Frau Mama“ stand darauf in großen roten Buchstaben geschrieben, verziert mit Herzen. Mit klopfendem Herzen öffnete sie den Brief und las. Sie las ihn nochmal und nochmal. Toms Dankeschönbrief war der schönste, lustigste Brief, den sie je bekommen hatte. Sie hatte Tränen in den Augen und zwischendurch prustete sie los. Sie fragte ihren Mann, ob er auch einen Brief bekommen hatte. „Jaaaa, du auch?“ Er schniefte laut in sein Taschentuch. Sie konnte sehen, dass auch er vor Freude ein bisschen geweint hatte. Dann fragte er mit einem Augenzwinkern: „Hat er sich bei dir auch ganz am Ende im Voraus für das neue Fahrrad bedankt, das er sich schon so lange wünscht und hoffentlich bald bekommen würde?“

Der Lachanfall, den sie bekam, war so laut, dass sie Angst hatte, die Jungs zu wecken. Mit einem fröhlichen Herzen voller Dankbarkeit schlief Mama an diesem Abend ein.

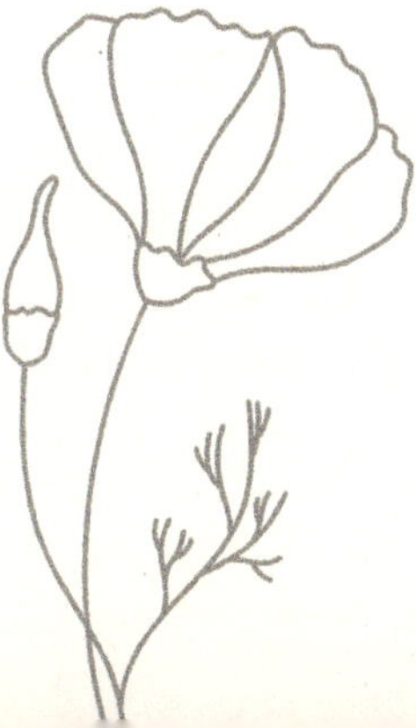

Karl-Heinz Becker

Freude für „Zwischendurch"

Es klingelte Sturm an der Tür. „Na, das werden wohl die Kleinen sein", ließ sich die Mutter aus dem Wohnzimmer vernehmen. Nochmal läutete es schrill. „Ja, ihr Rabauken", rief der Vater, „ich komme ja schon."

Kaum hatte er die Tür geöffnet, stürmten Mira und Marlon herein. „Papa …", schallte es ihm doppelt entgegen, „es war wieder ganz toll bei Oma und Opa." Nun steckte auch die Mutter den Kopf aus dem Wohnzimmer. „Pama, Mapa …", verhaspelten sich die beiden und mussten laut lachen. „Wir haben einen tollen Zeichentrickfilm gesehen", kam es dann aus dem Mund des neunjährigen Marlon. „Ja, und Oma hat Reibekuchen gemacht", ergänzte seine knapp zwei Jahre ältere Schwester. „Die waren lecker."

„Welchen Film habt ihr denn gesehen?", fragte Mama schmunzelnd. „Schweinchen Dick", klang es wie im Chor aus beiden Mündern. „Das war lustig", ergänzte Mira kichernd. „Aber was noch viel … viel … viel lustiger war, zum Schluss hat Opa den Film rückwärtslaufen lassen. Das war total witzig!"

Mira gluckste vor sich hin. „Ich hab' mir beinah in die Hose gemacht." „Rückwärts?", fiel Papa ihr erstaunt ins Wort, der noch an den Film dachte. Verblüfft schaute Mira ihn an. Das Missverständnis rief ein schallendes Gelächter hervor, ehe Marlon aufgedreht weitererzählen konnte: „Opa hat so einen alten Pro ... Prohektor ...", gab er bereitwillig Auskunft. „Projektor, meint er", korrigierte seine Schwester. „Ja", rief ihr Bruder dazwischen, „vorher war Schweinchen Dick ins Wasser gefallen ..." – ..."und dann flog es rückwärts raus", vervollständigte Mira quietschend den Satz. „Ich musste ganz schnell aufs Klo, so hab' ich gelacht." Verärgert schaute ihr Bruder sie an. „Das wollte ich doch erzählen!" Dann wieder freudig: „Als wir gingen, haben wir sie ganz doll umarmt – und sie uns auch."

Mama und Papa freuten sich mit den beiden. „Da ist es doch schön", strahlte Papa, „dass wir mit ihnen in diesem großen Mietshaus wohnen." „Das stimmt", nickte Mira zustimmend, „andere Kinder haben es nicht so gut. Die müssen immer weit fahren zu ihren Großeltern." „Ja, und manche haben gar keine oder nur eine Oma", mischte Marlon sich altklug ein.

„Hhm ...", Mama und Papa sahen sich kurz an. Liebevoll schaute die Mutter auf ihre beiden Kleinen: „Da wäre es doch schön, wenn wir alle zusammen den beiden mal eine Freude bereiten würden. Was sagt ihr dazu?"

„Au ja. Haben sie Geburtstag?", fragten beide wie aus einem Mund. „Nein", lächelte Mama, „das dauert noch. Aber zum Geburtstag kann jeder was schenken. Nein, einfach mal so zwischendurch. Weil sie euch und uns so viel Freude bereiten."

„Prima", sprudelte es aus Marlon heraus, „ich mal

was!“ Papa nahm die Begeisterung sofort auf: „Eine gute Idee. Mama und ich haben uns gedacht, wir basteln ein kleines Paket für sie und tun schöne Dinge hinein.“ „Oh ja!“ Mira war Feuer und Flamme. „Und Mama und ich backen Kekse, ja, Mama?“

Papa strahlte. „Wir merken schon, ihr seid dabei.“

„Logisch, das macht doch Spaß!“, rief Marlon. Während er in sein Zimmer eilte und die Malsachen hervorholte, drängte Mira ihre Mutter erwartungsvoll in die Küche. Lachend verzog der Vater sich in die Abstellkammer und suchte nach einem Karton. Dann machte er sich daran, das „Freudenpaket“ zu basteln.

Bald zog ein leckerer Duft aus der Küche durch die Wohnung. „Mhm“, rief Papa, „Mama und Mira waren erfolgreich. Da muss ich doch mal schauen.“ Kaum hatte Marlon das gehört, schoss er aus seinem Zimmer hervor. Beide zwinkerten sich zu und schauten neugierig in die Küche. Dort holten Mama und Tochter soeben das Backblech aus dem Ofen. „Oh, darf ich?“, rief Marlon und eilte auf das Blech zu. Mama konnte ihn gerade noch zurückhalten: „Vorsicht, heiß!“ „Schade“, seufzte Marlon. „Nachher bekommt jeder von uns einen Keks“, bestimmte Mira kurzerhand. „Alles andere ist für Oma und Opa.“ „Juhu!“, triumphierte Marlon.

Während die Kekse abkühlten, sahen Mama und Mira sich die Werke der beiden Männer an. Papas farbiger Karton schaute sie fröhlich an. Zwei strahlende Augen und ein fröhlicher Mund zierten die Oberseite. „Der ist ja lustig“, rief Mira. „Darin ist gut Platz für unsere Kekse.“ „Und für meine beiden Bilder!“, stellte

Marlon klar. „Nanu?“, fragte Mama, „hast du zwei gemalt?“ „Klar, macht doch Spaß.“ Stolz präsentierte er sein erstes Werk. „Oh“, erklang es, „Schweinchen Dick. Das sieht toll aus!“ – „Und das andere?“, wollte Mira wissen. Langsam zog Marlon das zweite Bild hinter dem Rücken hervor. „Sind das Oma und Opa?“, fragten seine Eltern überrascht. Aufgeregt nickte der kleine Maler mit dem Kopf: „Und dahinter steht ein Engel.“ „Der sieht ja schön aus!“, staunte Mira. „Das ist der Engel aus dem Kindergottesdienst“, erklärte ihr Bruder fachmännisch, „den wir letzten Sonntag in unserer Gruppe abgemalt haben.“

„Zwei ganz wunderbare Bilder und dazu soo leckere Kekse!“, lobte Papa und nahm strahlend seine Lieben in die Arme. „Das gibt eine große Freude bei Oma und Opa!“

Am nächsten Tag, es war Sonntagnachmittag, schlichen sich alle aus dem vierten Stock vor Omas und Opas Wohnung in der ersten Etage. Heimlich stellten sie das Paket mit den fröhlichen Augen davor, gingen auf Zehenspitzen nach unten vor das Haus und drückten dort auf die Klingel der Großeltern. Bei leicht geöffneter Haustür lauschten sie gespannt, was sich oben tat. Sie hörten, wie die Wohnungstür geöffnet wurde, dann war eine Weile Stille und plötzlich rief Oma: „O, wie schön ...! Schau mal, Andreas!“ „Nanu“, ließ Opa sich nach einer Weile vernehmen, „das sieht ja lustig aus.“ Dann wurde das Paket aufgehoben und die Tür langsam wieder geschlossen.

Begeistert kicherten Mira und Marlon vor sich hin. Mama und Papa strahlten. Nachdem sie noch eine Weile gewartet hatten, schlichen alle vier zusammen wieder nach oben in ihre Wohnung. Dort ließen vor allem die Kinder ihrer Freude Lauf: „Das hat Spaß gemacht. Wann machen wir so etwas wieder?“ Auch Mama und Papa freuten sich, nur fiel es ihnen schwer, die beiden Kleinen zu bremsen. Mira und vor allem Marlon waren voller Tatendrang. Sie setzten sich ins Wohnzimmer, wo Mama den nächsten Begeisterungssturm hervorrief: „Wie wär's mit Eis? Dann können wir weiter nachdenken.“

Während die vier genüsslich ihr Eis aßen, meinte Mama: „Wir sollten unbedingt mal Frau Kaiser aus dem Nebenhaus zum Kaffee einladen, sie ist recht einsam.“ „Gute Idee“, stimmte Papa ihr zu. „Einfach so für Zwischendurch?“ „Richtig, für Zwischendurch“, sinnierte seine Frau laut vor sich hin. „Wir können ihr ja eine Einladung zeichnen.“

Schon blitzte es in Marlons Gesicht auf: „Frau Kaisers Katze ist doch gestorben …“ Mama nickte: „Ein großer Verlust für sie.“ „Dann hab' ich eine Idee“, rief der kleine Künstler aufgeregt. Und schon sprang er in sein Zimmer. Lachend nahmen Mama und Papa sich ihren Kalender vor, um nach einem Termin für das Kaffeetrinken zu suchen. Mira schnappte sich ihr neues Buch, von dem sie sich nur ungern trennte. Eine Viertelstunde später kam Marlon aus seinem Zimmer geeilt, in der Hand ein Bild, das sein Zeichentalent unter Beweis stellte. Es zeigte einen Mann in langem Hemd mit mittellangen Haaren, der eine Frau liebevoll umarmte, die eine Katze auf dem Arm hielt. Aufgeregt erklärte der kleine Zeichner: „Diesmal habe ich keinen Engel gemalt. Das ist Jesus, der Frau Kaiser und ihre Katze ganz lieb drückt."

Die Eltern bekamen feuchte Augen und auch Mira war fasziniert. Begeistert jubelte sie: „Toll, Marlon!" Dann schaute sie ihre Eltern an: „Eine Freude für Zwischendurch ist fast so schön wie, wie …" „Geburtstag und Weihnachten!", ergänzte ihr Bruder glücklich.

Chris Pahl

Danke, Mama

Dicke Tropfen laufen über seine Brille. Er tritt in eine Pfütze, spürt, wie sich seine linke Socke vollsaugt. Igitt! Es regnet in Strömen. Es will einfach nicht richtig hell werden. Sein Sohn macht im Kinderwagen gerade Mittagsschlaf.

Er hasst dieses Wetter. Es macht schlechte Laune. Und er hasst diesen Ort. Alles in ihm wehrt sich. Er will hier nicht sein. Er gehört hier nicht hin. Nicht im Regen. Nicht jetzt. Nicht zu diesem Anlass. Er ballt seine Fäuste. Wut! Klar weiß er, dass hinter Wut immer andere Gefühle stecken. Er spürt eine tiefe Traurigkeit und das Wissen, nichts ändern zu können. Er, der doch alles immer so gut plant und in der Hand hat. Selbstsicher und hoffnungsvoll wäre er, sagen die anderen.

Heute nicht! Heute läuft er innerlich leer den Kiesweg entlang und wird von oben bis unten nass. Hilflosigkeit zieht sich von seiner nassen Brille bis zu den Socken durch. Wieso erfindet eigentlich niemand funktionierende Scheibenwischer für Brillen?

Er fühlt sich wie ein kleiner einsamer Junge. Steckt nicht in jedem großen Mann ein verletzlicher Junge? Bestimmt. Und der Junge in ihm ist einsam, denn ihm ist das Schlimmste passiert, das einem Kind passieren kann. Bei dem Gedanken muss er den Kloß im Hals runterschlucken. Er bleibt stehen und atmet tief ein. „Mein Gott warum?“, flüstert er leise. Dabei würde er es am liebsten laut schreien. Aber der Mittagsschlaf seines Sohnes und seine eigene Müdigkeit hindern ihn daran.

Er trottet weiter und biegt in einen kleineren Weg. Da vorne ist es. Die Bilder von vor ein paar Wochen ziehen an seinen Augen vorbei. Es war kälter, aber die Sonne schien. Der Ort war nicht so menschenleer wie heute, sondern alle waren gekommen. Jede und jeder hatte eine rote Rose in der Hand. Ja, auch an dem Tag hatte er geweint und gleichzeitig spürten sie an diesem Tag eine unerklärliche Zuversicht. Sie erzählten Geschichten, die sie erlebt hatten. Und oft mussten sie lächeln, auch wenn man das ja auf Beerdigungen eigentlich nicht macht. Aber sie hätte das so gewollt.

Ihre Beerdigung war wie ihr Leben in den letzten Jahren: voller Zuversicht, dass ihr Gott, an den sie glaubte, sie trägt. Der Tod änderte für sie da nicht wirklich etwas. Sie wusste: Ich bin dann bei meinem Vater. Diese Haltung gab ihnen allen, ob gläubig oder nicht, an diesem Tag Kraft.

Seine Schritte werden langsamer. Er sieht den Erdhügel und das schlichte Holzkreuz. Die wenigen Kränze und Blumensträuße sind verwelkt. Sie hat lieber eine Spende für ein Hilfswerk haben wollen anstatt Blumen. Typisch Mama, dachte er. Aber Rosen, Rosen gab es viele.

Er bleibt vor ihrem Grab stehen. Liest langsam die Buchstaben und Zahlen auf dem Kreuz, als ob er durch das langsame Lesen mehr begreifen könnte. Geboren wurde sie, während Bomben auf deutsche Städte fielen. 83 Jahre reich gefülltes Leben mit ihren vier Kindern, neun Enkeln und vielen Freunden. Und jetzt …? Auch wenn es ihr da im Himmel bei Jesus besser geht, sie fehlt ihm einfach so sehr.

Ein Schluchzen reißt ihn aus seinen Gedanken. Intuitiv schaut er sich um. Da ist niemand. Na klar, bei diesem Mistwetter. „Papa Arm“, ruft es verheult aus dem Kinderwagen. Der sollte doch eigentlich länger schlafen. „Papa Arm“, ruft es mit Vehemenz und Drama in der Stimme. Er öffnet den Regenschutz des Kinderwagens und holt seinen Sohn auf seinen Arm. Der legt den Kopf auf seine Schulter und kuschelt sich an ihn. Die klatschnasse Regenjacke stört den Kleinen nicht. Er merkt, wie es sein Sohn mal wieder schafft, sein Herz weich werden zu lassen. Er hebt den Kopf und schaut zum Grab. „Oma lalala“, ruft er und zeigt auf das Kreuz. Nach einer kurzen Denkpause sagt sein Sohn: „Oma lalala … nich da.“ Und mit diesem Satz brechen in ihm alle Dämme.

Ja die Oma, die immer vorgesungen hat, ist nicht mehr da. Seine Augen füllen sich mit Tränen und während bis eben seine Gedanken eher langsam und grau waren, so schießen auf einmal lauter bunte Bilder durch seinen Kopf: Er als kleines Kind auf dem Arm seiner Mutter mit wild abstehenden Haaren und sie lächelnd, aber auch etwas müde. Er muss sehr viel geschrien haben im ersten Jahr. Wie viele Hundert Stunden sie wohl wegen ihm nachts wach war? Wie viele stinkende Windeln sie gewechselt hat?

Das nächste Bild: seine Mutter in der Küche zwischen den Töpfen stehend ... und er durfte immer probieren, was man ihm als Kind auch durchaus ansah. Vieles, was er heute kochen kann, hat er bei ihr abgeschaut.

Dann der Schulwechsel. Er musste morgens früh zum Bus, oft stand sie noch im Nachthemd auf, um ihn zu verabschieden und ihm Mut für den harten Gymnasiums-Alltag zu spenden. Tränen in ihren Augen, als er ein Jahr ins Ausland ging. Lachfalten, wenn er ihr Blumen mitbrachte. Sorgenvolle Blicke, wenn er aus ihrer Sicht zu viel arbeitete. So viele ermutigende Worte und Umarmungen.

Und dann die letzten Jahre. Wie sehr sie seine Frau ins Herz geschlossen hat. Sie hatte Tränen in den Augen im Standesamt. Die große Freude und die Schnapsrunde, als sie ihr erzählten, dass sie wieder Oma wird. Hüftleiden und Rückenschmerz waren vergessen, wenn der Enkel da war, dann lief sie auf allen vieren durch die Wohnung.

Doch was sein Leben wohl am meisten geprägt hat, war ihr authentischer Glaube. Sie liebte Jesus so sehr. Die stillen Zeiten mit ihm, das tiefe Gespräch über die Nöte der Welt und ihre eigenen schweren Tage, das Danken und Loben machten sie zu einem hoffnungsvollen und liebenden Menschen.

Wenn ihn heute Menschen fragen, wie Jesus wohl war, dann erzählt er ihnen von seiner Mama. Nein, sie war nicht Jesus, hatte auch Macken und Grenzen ... aber die verblassen in der Rückschau immer mehr. Von ihr hat er Glauben gelernt. Seine Eltern haben ihm von Jesus erzählt, der heute sein bester Freund ist.

Leise flüstert er in den Regen: „Danke, danke für so viel." Sein Sohn sieht die Tränen in Papas Gesicht: „Papa aua?", fragt er interessiert. „Ja", schluchzt er und muss schlucken. „Papa vermisst die Oma." Sein Sohn schaut zum Grab, zeigt nach oben und sagt nur: „Oma lala." Er muss schmunzeln. Ja, das hofft er, dass sie jetzt im Himmel singt und ganz nah bei ihrem geliebten Gott ist.

Der Regen hat nachgelassen. Sein Sohn wird aktiv, will rumlaufen und pflückt Blumen von den Kränzen. Mit dem Regen haben auch die Wut und die Trauer nachgelassen. Er schaut auf das Grab und sagt mit lauter Stimme: „Danke, Mama! Deine Liebe hat mich getragen und trägt mich bis heute." Hat er ihr das so klar gesagt, als sie noch lebte? Ein Gedanke schießt ihm durch den Kopf. Er ruft seinem Sohn zu: „Los geht's, wir fahren." Während er den Kleinen in den Kinderwagen packt, fragt er „Auto?" „Ja, wir fahren mit dem Auto zu Opa." Er lässt eine Pause, schaut noch einmal auf das Todesdatum und sagt bestimmt: „Ich muss dingend noch ein paarmal Danke sagen!"

In dieser fiktiven Geschichte finden sich autobiographische Elemente. Ich widme sie meinen Eltern. Auf dass ihr noch lange lebt. Danke! Chris Pahl

MATHIAS JESCHKE

Meine Freundin Nele

Ich weiß gar nicht, ob ich je in meinem Leben schon einmal so überrascht wurde und dann dafür so dankbar war!

Obwohl es am Ende vielleicht doch eigentlich nur eine ganz unscheinbare Geschichte ist. Aber vielleicht nur für alle anderen. Für mich jedenfalls nicht.

Sie heißt also Nele.

Als wir 17 Jahre alt waren, hatte mein Freund Nils bereits eine Freundin. Auch sie hieß Nele. Ich mochte sie sehr gern, sie war bildhübsch. Auf sie passte besonders gut das altmodische Wort „apart“. Sie hatte eine dunkle Kurzhaarfrisur und besaß so eine Audrey-Hepburn-Zartheit und -Anmut. Seltsamerweise gefiel mir vor allem ihr Name sehr. Ich hätte damals auch gerne eine Freundin gehabt, die Nele hieß. Obwohl, nicht nur damals!

Nils und ich hörten ständig das 67er-Album von den Doors. Während wir in die Musik versunken unsere Zigaretten drehten und rauchten, dachte ich ständig an Nele. Aber er vielleicht auch.

Die Nele jedoch, die mir nun so plötzlich und unvermittelt per Mail geschrieben hatte, die kannte ich nicht. Ich erinnerte mich absolut nicht an sie. Vielleicht hatten wir sogar schon miteinander gesprochen, das musste ich aus ihren Schreiben schließen. Aber nicht einmal das wusste ich mehr. Ich hatte einfach kein Bild vor Augen. Das wurmte mich. Denn offensichtlich kannte sie mich. Sie wusste etwas von mir. Und zudem mochte sie mich vermutlich. Warum sollte sie mir sonst ihre Freundschaft antragen!

Dass Nele mich mochte, hatte mir unsere gemeinsame Bekannte Andrea am Telefon erzählt. Das war, als ich mit einem Freund essen war. Wir waren in eine Fußballkneipe geraten, in der es hoch herging. Es war so laut dort, dass ich Andrea am Telefon kaum verstehen konnte. Sie erzählte mir von einer Nele – „Na, klar kennst du die! Die musst du doch kennen!" –, die gerne Kontakt zu mir aufnehmen würde. Ich weiß gar nicht mehr, ob ich ihren Namen da überhaupt schon richtig verstanden hatte. Andrea schien halb amüsiert, vielleicht auch halb neidisch, ich bin mir nicht sicher. Auf jeden Fall war es Andrea einen Anruf wert, obwohl sie und ich sonst nie wirklich viel miteinander zu tun hatten.

Nele wohnte, so viel war bei mir angekommen, in meiner Nachbarschaft. Und seit einiger Zeit schickte Nele mir Mails. Wir würden einander ja bereits seit 15 Jahren kennen, schrieb sie in ihrer ersten Nachricht, seit ihre Kinder klein und im Kindergarten waren. Ich lebe seit bald einem Vierteljahrhundert direkt neben dem Kindergarten ... Und ich – ich stand komplett auf dem Schlauch. Ich erinnerte mich einfach nicht an sie! Das war mir sehr unangenehm, ja, richtiggehend peinlich!

Doch ich war berückt, ja, geradezu begeistert von Neles Schreibstil. Sie war wahrhaftig eine sprachsensible und hochbegabte Schreiberin. Ihre Wortwahl, ihre schlüssigen Sätze, die Bilder, die sie wählte, ... bei schöner Sprache werde ich schwach – immer. Da strecke ich die Waffen. Und höre nur noch zu, lese nur noch, ergeben, hingegeben.

Und es gab noch etwas anderes, was mich an Nele faszinierte: Ich träume viel und leidenschaftlich gern. Und diese überraschende Nele, sie ist, das erfuhr ich im Lauf unserer elektronischen Korrespondenz, eine professionelle Traumdeuterin. Wie gut das passte! Obwohl wir manchmal noch tief in der Nacht miteinander schrieben, saß sie dann doch schon wieder am frühen Morgen auf ihrer Terrasse und blickte in den Himmel. Zu der Zeit, zu der die Sterne noch zu sehen waren und die Vögel nach der Vogeluhr zu singen begannen. Nele sortierte dann ihre nächtlichen Träume ein in die Bahnen, die Bilder der Sterne und den Gesang, die Lieder der Vögel.

Und seit ein paar Tagen, seit mir meine inzwischen so liebgewonnene Schreibfreundin nach längerem Zögern verraten hatte, wo sie wohnt, besuche ich sie auf ihrer Terrasse. Sehr früh am Morgen, weit vor Tag. Ich schleiche mich zu ihr durch das immer ein bisschen leise quietschende, hintere Gartentor, zu dem sie mir den Weg beschrieben hatte. Und wenn sie das Gartentor quietschen hört, kommt sie und holt mich ab.

Sie nimmt mich am Arm und wir gehen dann den Weg vom Tor gemeinsam hinauf auf die Terrasse. Setzen uns und hüllen uns jeder in eine warme Decke. Alles ist ein bisschen geheimnisvoll für mich. Aber sie kennt mich ja schließlich vom Sehen.

Nele hat dann bereits Kaffee gekocht für uns beide. Ich sitze da im Gartenstuhl neben ihr. Wir schweigen, denn wir sind uns immer noch ein bisschen fremd, aber nur ein bisschen. Gleichzeitig aber doch schon irgendwie seltsam vertraut. Wir nippen an unserem Kaffee. Und dann beginne ich damit, ihr meinen Traum der letzten Nacht zu erzählen. Und tatsächlich habe ich ihr bisher fast jeden Morgen einen neuen Traum mitbringen können.

Und dann geschieht etwas sehr Besonderes, denn Nele hört auf eine Weise zu, wie ich es noch nie bei irgendjemandem erlebt habe. Ich habe das Gefühl, dass ihr meine Worte zuströmen, dass sie unbedingt zu ihr wollen, wenn ich von meinem Traum erzähle. Als wäre der Traum nur deswegen in der Nacht zu mir gekommen, damit ich ihn Nele am nächsten Morgen erzählen kann.

Jedes Mal passiert dann ein richtiges Wunder: Nele – diese Frau, die ich ja eigentlich gar nicht kenne, die mich eigentlich gar nicht kennt und die so plötzlich meine Freundschaft gesucht hat, ja, die so plötzlich meine Freundin geworden ist –, sie ordnet alles ein, sie versteht die Elemente, die Personen und Ereignisse meiner Träume auf eine Weise, die mir bisher fremd war. Sie erleuchtet meine Träume. Sie durchdringt sie und erhellt sie.

Ich sitze da neben ihr am vorfrühen Morgen, lausche ihren Deutungen, folge ihren Aufschlüsselungen und spüre: Diese Frau hier neben mir, die versteht mich. Und: Sie hilft mir dazu, mich selbst zu verstehen. Ob ich will oder nicht – und vermutlich will ich ja! –, genau das verbindet mich mit ihr. Und das fühlt sich an wie ein großes Glück. Und dieses Glück macht mich wirklich sehr dankbar.

Ich muss bei all dem an meinen alten ‚Freund' Josef denken, mit dem ich mich jetzt bereits seit zehn Jahren, jedenfalls, seit das mit meinen Augen anfing, innerlich sehr verbunden fühle. Den Josef, der in den Berichten des Alten Testaments der Bibel von seinen Brüdern auf übelste Weise verraten und verkauft wurde. Der dann jedoch am Hof des Pharaos in Ägypten aufgrund seiner von Gott geschenkten Gabe der Traumdeutung letztendlich sogar zum Minister aufgestiegen ist. Der erfahren durfte, dass sein Gott aus dem, was seine Brüder ihm angetan haben, etwas Großes und wirklich Wunderbares gemacht hat. Er, Josef, wurde in die Lage versetzt, ganze Völker in einer schlimmen Hungersnot vor dem sicheren Tod zu bewahren … ich gerate ins Schwärmen, wenn ich an Josef denke! Träume sind meine Leidenschaft. Ich bin immer wieder so begeistert von all dem, was ich in ihnen zu sehen bekomme.

Und ein bisschen muss ich, wenn ich da frühmorgens neben Nele sitze, auch an Abraham denken, wie er unter dem Himmelszelt steht und von Gott dazu aufgefordert wird, die Sterne zu zählen.

Nele jedenfalls ist einzigartig, sie ist empfindsam und liebevoll. Und sie kann so wundervoll schreiben. Sie schreibt so, dass es mich buchstäblich erleuchtet. Solch einen wunderbaren Menschen zu kennen, mit ihr befreundet sein zu dürfen, das erfüllt mich mit einer großen und bisher kaum gekannten Dankbarkeit! Auch wenn ich wirklich überhaupt nicht weiß, wie sie aussieht. Aber: Sie macht mein Dunkel hell, sie ist mein Licht.

Jörg Kailus

Der letzte König

In alter Zeit lebte in einem fernen Land ein Fürst, der diplomatischen Kontakt zu einem anderen Königreich aufnehmen wollte. Er sandte einen seiner Vertrauten aus, um dieses Land kennenzulernen und ihn dort bei Hofe zu vertreten. Es wurde eine lange Reise für den Gesandten, erst zu Pferde und mit der Postkutsche bis in eine ferne Hafenstadt, dann viele Wochen lang mit dem Schiff übers Meer und schließlich wieder zu Pferde, bis er endlich die Grenze jenes Landes erreicht hatte. Hier wurde er schon erwartet. Bei einem Gasthaus nahm ihn der königliche Haushofmeister in Empfang, ein alter Mann von an die achtzig Jahren, der sich aber dennoch kerzengerade im Sattel hielt. Er war eine Gestalt wie ein knorriger alter Baum mit eisgrauem Haar und Bart und unzähligen Falten, aber seine Augen leuchteten jung, und um seine Lippen spielte ein freundliches Lächeln. „Seid willkommen in unserem Königreich, geehrter Gesandter", sprach er, „Ich bin Meister Philipp, der königliche Majordomus, und ich bin hier, um euch auf eurem Weg in die Hauptstadt zu geleiten." Der Gesandte war voller Fragen, Fragen zum Königshof und zum König, der ihn empfangen würde. Meister Philipp hörte sich alle geduldig an, aber er antwortete nur ausweichend und zu manchen schwieg er einfach. Und so machten sie sich – nach einer kurzen Nachtruhe in glücklicherweise fast wanzenfreien Betten und einem einfachen Frühstück – bei den ersten Sonnenstrahlen des nächsten Tages auf den Weg die königliche Handelsstraße entlang.

Es war ein heiterer Tag und ihre Pferde trabten munter dahin, während sie nur gelegentlich einem Bauern mit seinem Ochsenkarren oder einem Händler mit seinen Waren begegneten. In einem Dorf fiel dem Gesandten ein großes, lichtdurchflutetes Gebäude auf, und er fragte Meister Philipp, was dies wäre. „Das ist das Hospital, das König Johann hat bauen lassen. Seit fünfundachtzig Jahren dürfen sich hier alle Armen kostenlos behandeln lassen.“ Der Gesandte war beeindruckt. „Dann ist euer König wohl als Helfer der Armen bekannt.“ „Ja, das war er“, sagte Meister Philipp, „aber das ist nicht der Grund, warum das Volk ihn liebt.“ Sie ritten weiter, und in einem anderen Dorf stießen sie wieder auf ein ungewöhnliches großes Haus, ein mehrstöckiges Gebäude aus Stein und Fachwerk, das in einem großen Garten errichtet war. Um das Haus herum sahen sie unzählige Kinder. Ihr Lachen hallte auch durch alle Korridore des Gebäudes. „Das ist die Schule, die König Johann hat bauen lassen“, sagte Meister Philipp. „Seit mehr als achtzig Jahren werden hier die Kinder der Bauern und Handwerker unterrichtet. Und mancher von ihnen hat später eine Stellung bei Hofe gefunden.“ „Dann hat euer König also auch die Kinder gern.“ „Ja, die hatte er gern“, sagte Meister Philipp, „aber das ist nicht der Grund, warum das Volk ihn liebt.“ Und wieder ritten sie weiter, und in der Abenddämmerung erreichten sie die Hauptstadt.

Im Licht der letzten Sonnenstrahlen konnte der Gesandte die Zinnen der königlichen Burg erkennen, die fast bis zum Himmel aufzuragen schienen. Doch auf dem Wege zum Schloss machten sie noch einmal vor einem großen und ehrwürdigen Gebäude halt. Meister Philipp sagte: „Das ist der Gerichtshof, den König Johann hat bauen lassen, damals vor fünfundsiebzig Jahren." Seine Augen verschleierten sich für einen kurzen Moment, dann stieg er von seinem Pferd ab, und die beiden betraten das Gericht. Meister Philipp führte den Gesandten durch die Gänge und Säle, bis sie vor einer Vitrine mit einem kostbar eingebundenen Buch standen. „Das ist das Gesetzbuch, das König Johann geschrieben hat. Es ist heute über siebzig Jahre her. Seit damals ist bei uns jeder vor dem Gesetz gleich, sei er ein Adeliger oder ein Knecht." Die Achtung des Gesandten wuchs. Was für ein großer Monarch musste dieser König Johann sein. Aber etwas irritierte ihn. Wenn der König all das getan hatte, vor so vielen Jahrzehnten, wie alt war er denn dann heute? Über hundert? „Also ist euer König auch ein großer Neuerer. Ist das der Grund, warum ihr mit solcher Ehrfurcht von ihm sprecht?" „Auch das war er", sagte Meister Philipp. „Aber das ist nicht der Grund, warum das Volk ihn liebt. Und es ist auch nicht der Grund, warum ich ihn liebe." Unübersehbar schimmerten jetzt Tränen in den Augenwinkeln des alten Mannes. „Kommt jetzt. Es ist nicht mehr weit bis zum Schloss." Es war dunkel geworden, aber das letzte Stück der Straße und die Treppenstufen vor dem Schlosstor waren mit Reihen flackernder Fackeln gesäumt. Die gerüsteten Waffenknechte vor dem Tor salutierten, als sie den Haushofmeister erkannten, und die mächtigen Torflügel öffneten sich mit lautem Knarren. Im Schlosshof nahm ihnen ein Stallbursche die Pferde ab, und sie schritten durch ein weiteres Tor ins Innere der Burg.

Als sie schließlich den Thronsaal erreichten, wurden sie von einem prasselnden Feuer in einem imposanten Kamin und Fackeln an den Wänden und Säulen des großen Saales empfangen. So bemerkte der Gesandte auf den ersten Blick, dass der Thron leer war, scheinbar schon lange unbenutzt. Stattdessen führte Meister Philipp ihn zu einem steinernen Denkmal mitten im Thronsaal. Es zeigte einen Mann von königlicher Erscheinung, der sich sterbend auf sein Schwert stützte. Zu seinen Füßen lagen mehrere große Wölfe, die der König in einem harten Kampf erschlagen hatte. Und in seinen Armen hielt er ein kleines Kind. „Das ist unser König Johann“, sagte Meister Philipp. „Er war der beste König, den wir je hatten. Ihr habt ja gesehen, was er für unser Land getan hat. Aber vor siebzig Jahren starb er, nachdem er ganz allein einen kleinen Jungen vor einem Rudel Wölfe gerettet hatte. Einen Bauernjungen, für den kein hoher Herr oder Ritter sein Leben riskiert hätte. Darum liebt das Volk unseren König.“ „Und wer ist dann der neue König?“, fragte der Gesandte. „Wem soll ich denn nun meine Aufwartung machen?“ „Es gibt keinen“, antwortete der greise Haushofmeister. „König Johann starb ohne Erben. Und keiner der Herzöge griff nach der Krone. Sie wussten alle, dass sie einem Vergleich nicht standhalten konnten. Und so wird das Land bis heute vom Kronrat regiert. König Johann ist unser letzter König."

Nachdenklich entgegnete der Gesandte: „Eine bemerkenswerte Geschichte, lieber Meister Philipp. Aber sie scheint euch mehr zu berühren als irgendeine ferne Historie. Sagt mir, warum liebt ihr König Johann?" Noch einmal schien der Blick des alten Haushofmeisters in die Ferne zu schweifen. Er blickte durch den Nebel der Zeit. „Wisst ihr, es liegt nicht an dem Hospital, obwohl ich dort geboren wurde. Auch nicht an der Schule, obwohl ich dort gelernt habe. Und auch nicht an dem Gesetzbuch, obwohl ich nur durch des Königs Gesetze ein Majordomus werden konnte, als der Bauernsohn, der ich war. Das alles war es nicht. Aber einmal, vor siebzig Jahren, bin ich dem König persönlich begegnet." Er schaute hinüber zu dem Standbild. „Ich war der kleine Junge, den der König vor den Wölfen gerettet hat. Und darum ist König Johann für mich nicht nur ein bedeutender Mann der Geschichte. Er ist mein Retter. Er ist gestorben, damit ich leben kann. Wie könnte ich da nicht dankbar sein?"

Jürgen Werth

Noch einmal Jerusalem

Noch einmal Jerusalem! Ein letztes Mal. Auch wenn die Kräfte weniger geworden waren, die Augen trüber, die Beine schwerer. Es konnte doch nicht alles ein für alle Mal vorbei sein! Ihr gemütlicher Großmuttersessel durfte doch nicht die Grenzen ihrer Welt markieren! Noch einmal die Koffer packen! Noch einmal zum Flughafen fahren! Noch einmal in den Flieger steigen! Noch einmal aussteigen und in eine andere Welt eintauchen!

Ihre Hände zitterten, als sie den Reiseprospekt durchblätterte. Sollte sie es wagen? Jajaja! Ihr Entschluss stand fest. Sie würde sich nicht abfinden mit einem: zu alt! Sie würde all ihren Mut zusammennehmen und sich aufmachen. Noch einmal. Vielleicht zum letzten Mal.

Und dann stand sie am Flughafen, aufgeregt wie ein Teenager vor dem ersten Date. Einchecken, den Koffer aufs Rollband stellen, das richtige Gate suchen, die Sicherheitskontrollen ertragen, noch ein günstiges Parfum im Duty-Free-Shop ergattern und aufs Boarding warten. Endlich die Durchsage: „Ihr Flug nach Tel Aviv ist nun zum Einsteigen bereit." Sie reihte sich ein in die Schar der Wartenden. Israelis und Deutsche, Alleinreisende und Familien, Geschäftsleute und Touristen. Orthodoxe Juden mit Kippa und Schläfenlocken und junge Kerle mit ausgefransten Jeans und Dreadlocks. Und saß endlich auf dem Sitz, auf dem sie wie in einer Sänfte ins Gelobte Land getragen würde.

Vier Stunden später. Die Glieder strecken, aussteigen und da sein. Andere Stimmen, andere Schriftzeichen, andere Gerüche. „Welcome to Ben Gurion Airport!" Sie hatte es geschafft. Fast geschafft. Das hier war ja erst Tel Aviv, die Küstenebene von Israel. Aber immerhin. Sie würde ein Taxi nehmen und hinauffahren, hinauf nach Jerusalem. Noch einmal.

Wie groß die Stadt geworden war! Hügel um Hügel hatte sie in Besitz genommen. Wo waren all die Menschen geblieben, die hier früher einmal gewohnt hatten? Doch sie wollte jetzt keine schweren Gedanken denken. Sie wollte sich freuen. Wenn sie früher mit Gruppen hierhergekommen war, hatten sie im Bus „Hevenu Shalom Alechem" gesungen. Nun sang sie es allein. Leise, nur in ihrem Kopf, in ihrem Herzen. Ihr Taxifahrer war Araber, den wollte sie nicht unnötig irritieren.

Vor ihrem Hotel half er ihr aus dem Wagen, hievte das leichte Gepäck aus dem Kofferraum, brachte sie zur Rezeption, kassierte, grüßte freundlich und ging.

Ihr Zimmerschlüssel kam ihr vor wie der Schlüssel zum Paradies. Siebter Stock, Zimmer 707. Der Fahrstuhl schwebte nach oben. Und dann der Blick aus dem Fenster ihres kleinen Zimmers: zu ihren Füßen die pittoreske Altstadt. Und drüben am Horizont der Ölberg. Sie war wirklich da! Angekommen! Noch einmal. Noch einmal in Jerusalem. In ihrem Jerusalem.

Oft schon war sie hier gewesen, hatte immer wieder

kommen müssen. Hatte sich nie sattgesehen, sattgehört, sattgereist. Sie war hier zu Hause. Wenigstens ein bisschen. Immerhin war er hier gestorben und auferstanden, Jesus, der Gottessohn, der Herr, ihr Herr und ihr Freund. Und immer war er auf geheimnisvolle Weise ihr Reiseleiter gewesen, egal, wer sonst noch die Gruppe geleitet hatte.

Ob man das Fenster öffnen konnte? Ja, wenigstens die obere Hälfte. Sie steckte den Kopf in die heilige Luft, die von eher unheiligen Gerüchen und Geräuschen durchzogen war. Straßenlärm, Hupen und Bremsen und Anfahren, Abgase. Und trotzdem: hier stehen bleiben, einen ganzen Tag und eine ganze Nacht! Ein ganzes Leben lang! Jerusalem einatmen.

Sie hatte nicht viel Zeit, nicht mehr viel Zeit. Also musste sie wieder hinunter und hinaus. Durchs Damaskus Tor in die Altstadt, eintauchen in die fremde und doch so vertraute Welt. Die Händler, die ihre verstaubten Souvenirs anpriesen, anlächeln, ohne etwas zu kaufen. Über die Metzgerläden staunen und sich ein bisschen ekeln. Sich ein paar arabische Süßigkeiten einpacken lassen und genüsslich naschen. Karren mit Waren und Abfall ausweichen. Sich vorwärtsschieben lassen von Käufern und Pilgern und endlich vor dem großen Tor der Grabeskirche stehen. Hochklettern nach Golgatha, ein stilles Dankgebet sprechen, ohne sich von den Touristen stören zu lassen. Wieder hinunterkraxeln. Sich vor dem Heiligen Grab in die Schlange der Touristen einreihen, einen Blick hineinwerfen und neu darüber staunen, dass so unendlich viele Menschen hierhergekommen sind, obwohl das Grab doch leer ist. Oder vielleicht, gerade weil es leer ist?

Wieder hinaus, den Weg zur Westmauer finden, sich an tanzenden und betenden Frauen vorbeischieben bis an die gewaltigen Steine, die noch aus der Zeit des jüdischen Tempels stammen. Die Herrlichkeit Gottes würde immer noch hier wohnen, sagen die Jüdinnen, die sie freundlich einladen, mit ihnen zu beten. Die Herrlichkeit Gottes. Eben noch hatte sie darüber gestaunt, wie klein sich diese Herrlichkeit gemacht hatte. An ein Kreuz hatte sie sich schlagen, in ein Felsengrab legen lassen. Das ahnten die Frauen, die links und rechts von ihr beteten, nicht. Sollte sie es ihnen sagen? Aber, nein, sie würden sie nicht verstehen. Nicht verstehen wollen und nicht verstehen können wohl auch. Und als Deutsche hatte man lieber zu schweigen und zu beten und zu lieben, anstatt zu reden und zu überzeugen.

Dann zum Ölberg und wieder einmal diese einmalige Aussicht auf die Festplatte der Erinnerungen brennen. Jerusalem segnen, ihr Heil und Segen wünschen, für die Menschen beten und für das Land, dieses umkämpfte und zerrissene Land. „Shalom", murmelte sie. Und „Salam". Friede euch allen. Der Friede des Friedefürsten!

Ihr erster Tag im Land der Gottesgeschichte, der Gottesliebe. Noch ein paar würden folgen. Natürlich musste sie noch nach Bethlehem, auch wenn das ein bisschen schwieriger geworden war, seitdem die Stadt zu Palästina gehörte, diesem Staat von Israels Gnaden. Aber sie würde es schon schaffen. Und, ja, an den See Genezareth musste sie auch noch fahren. Unbedingt. Nirgendwo sonst hatte sich so wenig verändert seit der Zeit, in der Jesus hier gelebt hatte. Der See, die Berge – alles hatte auch er so gesehen und durchwandert und durchlebt. Sie würde noch einmal mit den Füßen ins warme Wasser waten. Natürlich war es nicht mehr das Wasser, aus dem er damals getrunken, über dass er damals gefahren und sogar gelaufen war. Natürlich nicht. Aber irgendwie dann wieder doch.

Hätte das alles doch nie ein Ende! Aber sie ahnte schon, dass auch diese Reise, wahrscheinlich ihre letzte, schon bald ans Ziel kommen würde. Dass sie zurückfahren müsste zum Flughafen, zurück in ihre kleine Wohnung und in ihren vertrauten Großmuttersessel. Sie wollte nicht, natürlich nicht. Aber sie tröstete sich mit dem Gedanken, dass, wenn ihr schon der Besuch des irdischen Jerusalems künftig verwehrt sein würde, sie schon bald umziehen würde ins himmlische Jerusalem. Für immer. Ob ihr das dann auch so vertraut vorkommen wird?

Als sie die Augen aufschlug, lag der Reiseprospekt immer noch auf ihrem Schoß. Eingenickt war sie beim Lesen und Träumen. Nur mit der Seele, nur mit dem Herzen war sie noch einmal in ihr geliebtes Traumland geflogen. Fast war sie ein bisschen enttäuscht. Aber war das nicht eigentlich genug? Wenn Herz und Seele reisen, reist doch der ganze Mensch, sagt man! Eine tiefe Dankbarkeit durchströmte sie. Für diese besondere Reise und für alle Reisen, die ihr in ihrem langen Leben geschenkt worden waren. Und für die Menschen, die sie unterwegs getroffen hatte, die Segen in ihr Leben getragen hatten und für die sie vielleicht auch ein bescheidener Segensbote gewesen war. Überhaupt war ja das ganze Leben eine Reise gewesen. Und immer war er, Jesus, der Reiseleiter gewesen, nicht nur im Heiligen Land. Es war ein gutes Leben gewesen, ein gefülltes und erfülltes Leben. Und nun war das Ziel in Sichtweite. Das Ende. Der Anfang. Das himmlische Jerusalem. Sie würde nie wieder zurück müssen. Danke, murmelte sie, und sie lächelte dabei.

Noch einmal Jerusalem. Ein für alle Mal Jerusalem.

Sabine Langenbach

Dankbar? Am liebsten immer!

Alltagserlebnisse

128 Seiten, Hardcover
ISBN Buch 978-3-7655-3657-1
ISBN E-Book 978-3-7655-7667-6

Sabine Langenbach ist Dankbarkeitsbotschafterin. In ihrem Buch „Dankbar? Am liebsten immer!“ zeigt Sabine Langenbach überzeugend, dass Dankbarkeit das Leben positiv verändert. Die Mutter einer behinderten Tochter ist überzeugt: Mit einer dankbaren Haltung kommt man besser durchs Leben – vor allem glücklicher und zufriedener.

Während des Corona Lockdowns hat Sabine Langenbach damit begonnen, Dankbarkeitsimpulse auf ihrem YouTube Kanal zu veröffentlichen. Es sind alltägliche Situationen und Schlagzeilen aus den Nachrichten, aus denen sie Dankbarkeitsgeschichten macht. Ihr ist es wichtig, dass Dankbarkeit immer auch ein Gegenüber hat, deshalb ist „Gott sei Dank“ für sie keine Floskel, sondern Lebensmotto, das ihr Leben zufriedener macht.

BRUNNEN VERLAG GIESSEN
www.brunnen-verlag.de